Le paradis d’en bas

tome 2

Audren

Le paradis d'en bas

tome 2

Neuf
l'école des loisirs
11, rue de Sèvres, Paris 6e

Du même auteur à *l'école des loisirs*

Collection Neuf

Le paradis d'en bas (tome 1)
Le poisson qui souriait
J'ai eu des ailes
Réservé à ceux
Le petit prince noir et les 1 213 moutons

Collection Médium

La question des Mughdis
L'autre
Les aventures d'Olsen Petersen (tomes 1, 2, 3)

ISBN 978-2-211-09038-4

Loi n° 49.956 du 16 juillet 1949 sur les publications destinées à la jeunesse : mars 2008
Dépôt légal : mars 2008
Imprimé en France par Hérissey à Evreux - N° 107448

Pour Isou, qui sourit même quand
les choses *ne sont pas simples*

1

J'avais eu la foi. J'avais cru au paradis. Au paradis sur terre. Au paradis d'en bas. Et puis voilà, Blanche-Neige* avait sombré dans un terrible sommeil. Ma foi aussi. Notre cousine Manon attendait désormais son prince sur un lit d'hôpital. Plus pâle que jamais, harnachée de tuyaux qui soufflent et qui sifflent, branchée à des machines moches et des flacons flasques suspendus à des sortes de mâts sans voile. Sans voile, qui sait où notre amie naviguait maintenant ? Elle avait l'air partie mais elle était trop là, trop immobile, trop morte déjà. Et pourtant ses mains posées sur sa poitrine se soulevaient régulièrement au rythme d'un appareil à oxygène. Elle ressemblait à un bateau pneumatique avec ce gros tuyau dans la bouche. Un jouet de plage. On aurait pu la dégonfler et la ranger dans

* Voir *Le Paradis d'en bas 1*. Blanche-Neige est le surnom de Manon.

une housse en attendant l'été prochain. Mais non, il fallait la maintenir en vie, faire circuler son sang, dilater ses bronches, stimuler son cœur, nous faire croire qu'elle fonctionnait encore comme une vraie fille alors que tout était faux. Une petite diode rouge accompagnée d'une note stridente palpitait à côté d'elle. Bip, bip, bip. Un son sans cesse répété. Pénible et trop régulier. Bip, bip, bip, angoissante régularité. « La vie n'est jamais aussi régulière, me répétais-je. Seule la mort doit être ainsi calme et sans surprise. » « Et la vie des fonctionnaires ! » aurait ajouté mon père s'il m'avait entendu penser. Ma mère, elle, aurait précisé que la vie des fonctionnaires n'était sans doute pas aussi rébarbative et répétitive que cela. Qu'en savions-nous, après tout ? Mais mon père détestait la routine et les employés de l'État. Il n'y avait rien à faire contre ça. « Il y a bien des gens allergiques aux fraises. Moi, je suis allergique aux fonctionnaires ! » concluait-il généralement. Je laissais, malgré moi, mes idées déraper vers ces souvenirs de conversations futiles. J'essayais pourtant d'être présent, de revenir à la réalité de la chambre triste mais l'odeur d'antiseptique me donnait la nausée. Je voulais m'échapper, je devais m'échapper, penser aux fonctionnaires, regarder les cimes des platanes se balancer devant la fenêtre en PVC sale, suivre le vol d'un moineau joueur, m'éblouir contre les rayons tendres du printemps. Ensuite, dans la chambre, mes rétines partiellement aveuglées raturaient le corps de Manon de gros traits noirs. C'était mieux comme ça. Je ne distinguais plus grand-chose. J'aurais même voulu que la chambre tout entière s'efface sous les gros traits noirs. Tout oublier. Ne plus rien voir. N'avoir rien vu. Ne garder aucun souvenir de ce presque tombeau, de cette chambre purgatoire dans laquelle on ne pouvait rien faire d'autre qu'attendre, s'aveugler ou… penser aux fonctionnaires.

De toute façon, Manon ne se ressemblait plus. Son visage inanimé, déformé par les multiples tuyaux m'effrayait. Même ses oreilles n'étaient plus les mêmes. On aurait dit qu'elle se métamorphosait comme les loups-garous dans les films d'horreur. J'avais peur de voir soudain son nez s'allonger plus encore car il avait déjà pris une forme étrange. Sans doute n'avais-je jamais vraiment observé Manon. Je me trouvais indécent de la regarder maintenant, à son insu. Elle qui était en général si coquette, elle n'aurait pas aimé que je la scrute ainsi, que je mesure ses lobes d'oreilles et la longueur de ses narines. Il valait mieux ne rien voir. Rester aveuglé.

Et puis, nous avions l'air de quoi, tous les trois déguisés comme les acteurs de la série *Urgence :* masques blancs, blouses de chirurgien et chaussons de papier ? Effrayants et ridicules ! J'imaginais la tête épouvantée de Manon si elle nous trouvait accoutrés de la sorte à son réveil.

Mon cousin Tim remarqua :

– C'est cool ! Regardez ! Elle a même la télé dans le placard !

Holly étouffa immédiatement un petit rire nerveux.

-- Ça doit lui être très utile ! Il ne lui manque plus qu'un minibar ! dit-elle.

– Et maintenant, qu'est-ce qu'on fait ? demanda Tim.

– Il paraît qu'il faut lui parler. Il se peut qu'elle nous entende.

– Manon ! T'as eu 18 au contrôle de géographie ! bredouilla Tim sous son masque.

– Je t'ai apporté des fraises Tagada, ajouta Holly. T'as intérêt à te réveiller si tu veux y goûter.

– Tu n'as rien à faire ici ! C'est affreux ! dis-je seulement.

Ma voix tremblait. Ma gorge nouée ne laissait plus passer aucun mot gentil.

Holly caressa la main de Blanche-Neige et glissa une petite peluche tigrée sous sa paume.

– C'est un porte-bonheur, murmura-t-elle.

Malheureusement, deux minutes plus tard, une infirmière masquée fit irruption dans la pièce. Les coins de ses yeux se plissèrent. J'imagine qu'elle souriait. Elle vérifia chaque câble, chaque tuyau, chaque machine avec application, injecta le contenu orange d'une seringue dans la poche plastifiée d'une perfusion et souleva la main de Manon en disant :

– Désolée, mais les peluches ne sont pas autorisées ici ! Ce sont des nids à microbes !

– Mais non ! protesta Holly. Celle-ci, c'est un nid à bonheur !

– Eh bien, il faut croire que le bonheur n'a pas sa place à l'hôpital ! Allez, les enfants, il faut laisser votre amie se reposer, maintenant !

– Se reposer ? répliqua Tim, mais elle ne fait que dormir !

– Non, elle ne dort pas.

– Ah bon ? Et qu'est-ce qu'elle fait, alors ? s'énerva Holly.

La femme dont nous n'apercevions toujours que les deux yeux bleus et autoritaires hésita un instant en nous fixant l'un après l'autre. On aurait dit qu'au fond de nos pupilles se cachait notre capacité à entendre la vérité. Elle hésita encore en bafouillant :

– Elle, comment dirais-je, elle…

– Elle végète ! Elle est devenue un légume ! dis-je froidement.

Ma gorge ne laissait toujours passer que des mots désagréables. J'étais triste, certainement. Alors, pour ne pas pleurer, je devenais impitoyable.

L'infirmière me prit par la manche et me conduisit hors de la chambre pour m'expliquer que je n'avais pas le droit de m'exprimer ainsi. Manon pouvait m'entendre.

– Je fais ce que je peux, madame, dis-je en souriant gentiment.

– Eh bien, mon grand, tu peux certainement mieux faire !

Immédiatement, pour fuir, je me remis à penser à l'existence monotone des fonctionnaires. Je ne sais pas pourquoi, je n'avais que cette idée en tête. Ce n'était pas une vie, disait mon père. Mais notre vie à nous, est-ce que c'en était une ? Est-ce que j'avais mérité de me faire réprimander par cette dame blanche aux yeux bleus, alors que tout allait si mal dans ma tête ?

Je voulais que Manon se réveille. Là, tout de suite ! Je voulais la ramener chez elle, à Barbizon. Je voulais que tout recommence comme avant. La vraie vie. La belle vie. Ma vie.

2

Quelques secondes plus tard, Holly et Tim me rejoignirent dans le couloir. Hilares.

Ils avaient retiré leurs masques et riaient à gorge déployée, comme s'ils venaient d'inhaler un gaz euphorisant.

– Sophie ! Sophie ! Elle est bien bonne ! s'écriaient-ils en se pliant en deux, puis en se redressant comme des Cheyennes qui auraient dansé pour faire venir la pluie.

– Sophie ? demandai-je d'une voix ténue.

– Hi, hi, hi ! Si tu savais ! Elle est bien bonne ! hurla Holly.

– Trop bonne ! ajouta Tim.

– Mais triste quand même, tempéra Holly, qui s'arrêta tout net de rire, affichant soudain un air grave, plus adapté à l'hôpital.

– Oui, triste quand même, confirma très sérieusement Tim, à son tour.

Je crus alors que Manon était morte et que les nerfs de mes amis venaient de lâcher.

Mon cœur cognait dans le désordre, comme si tous ses battements cherchaient à s'échapper de moi. J'avais très chaud. Surtout aux oreilles. Pourquoi mes oreilles brûlaient-elles ainsi ? Peut-être que moi aussi j'entamais une métamorphose. On aurait dit que mes émotions ne savaient plus où se loger, que mon sang ne savait plus circuler, que mon corps manifestait son chagrin à sa façon. Mes oreilles chauffaient de tristesse tandis que j'essayais d'organiser mes pensées et d'articuler une phrase sensée. Mais Tim et Holly ne me laissèrent pas une seconde pour exprimer ma douleur ou mes questionnements. Ils disparurent en courant au bout du couloir.

– Suis-nous ! ordonna la Joconde*.

Brusquement, Tim mit le doigt sur la petite plaque dorée qui indiquait le numéro d'une chambre :

– Et voilà ! 316 ! J'espère que, cette fois-ci, c'est la bonne. Il faut lire directement la fiche au pied de

* Voir *Le Paradis d'en bas 1*. La Joconde est le surnom de Holly.

son lit ! On ne peut pas se tromper de nouveau, quand même !

J'étais essoufflé, intrigué, faible et déboussolé. Sophie ? Les rires ? La chambre 316 ? Que signifiait tout cela ?

Mais Tim ouvrit la porte de la chambre et je compris. Notre cousine Manon attendait effectivement son prince sur un lit d'hôpital, mais dans la chambre 316 ! Dans la chambre 307, nous venions de rendre visite à une inconnue ! Et puis d'ailleurs, ce n'était pas son prince qu'elle attendait car le bruit de notre irruption la sortit immédiatement de son sommeil, d'un sommeil normal sans tuyaux qui soufflent ni qui sifflent, sans machine moche, sans flacons flasques suspendus au-dessus d'elle. Elle se réveillait, un peu pâle, bien que pâle, elle l'eût toujours été.

– Coucou ! dit-elle.

– Ah ! Tant mieux ! C'est bien toi, et tu ne t'es pas loup-garoutisée. La fille d'à côté n'avait pas du tout le même nez que toi. J'ai cru un instant que tu te transformais en monstre ! m'exclamai-je.

– Tu la trouvais différente, toi, la fille du 307 ? Moi, je n'avais rien remarqué. J'étais certain que c'était Manon mais heureusement que Holly a lu la courbe de température au pied du lit ! intervint Tim.

– Sophie Boudoty ! Hi ! hi ! hi ! Tu te rends compte, Manon, on t'a confondue avec une Sophie Boudoty ! Pourtant, tu avais les doigts très maigres quand je t'ai glissé mon porte-bonheur sous la main. J'aurais dû me douter de quelque chose...

– Oh ! Ne vous inquiétez pas... Moi aussi, quand je suis arrivée ici, je ne savais plus qui j'étais. J'aurais sans doute été capable de me confondre avec une autre. Tout le monde peut se tromper ! répondit Manon.

– Et maintenant, tu sais qui tu es ? demanda Tim en riant.

Manon releva ses longs cheveux afin d'exhiber fièrement le large pansement qui recouvrait sa nuque. Elle raconta qu'elle s'était assommée sur une souche en tombant dans son jardin. Elle n'avait passé qu'un quart d'heure dans les vapes et s'était réveillée dans l'ambulance.

– Mais pourquoi tu es tombée dans ton jardin ? C'est bizarre quand même de se laisser dégringoler comme ça sur une souche.

– J'ai eu très peur... j'ai couru, couru, pour arriver plus vite chez moi et puis... J'ai dû m'emmêler les pieds... en fait, je ne sais plus trop.

– De quoi tu as eu peur ? Tu n'es pas peureuse d'habitude ! demanda Tim.

Manon se mordit les lèvres. Son visage se crispa, ses sourcils se rapprochèrent. Elle hésita, bégaya, grimaça, inspira bruyamment et retint quelques larmes au coin de ses yeux mauves.

– Ta blessure te fait mal ? demandai-je alors. Tu veux qu'on appelle une infirmière ?

– Non, non ! C'est juste mon souvenir qui est douloureux ! Je suis passée devant la maison de Walter ! Comme la porte était entrouverte, je suis entrée… et là ! J'ai eu si peur !

Je souriais. Je m'en fichais un peu que Manon ait eu peur. Je n'éprouvais même pas le besoin de lui demander ce qui avait pu l'effrayer ainsi. Elle était si vivante, si normale, si différente de la fille éteinte du 307 ! Je ne pus me retenir de la serrer dans mes bras. Longtemps. Je fermais les yeux. Elle sentait un peu le sparadrap et l'hôpital mais ses cheveux avaient gardé leur parfum habituel d'eau de toilette à la barbe à papa. D'habitude, je ne m'autorisais pas trop de proximité avec ma cousine, mais j'étais si heureux de la retrouver tout entière que je me transformai vite en un étau gênant et ridicule.

Elle toussota poliment et Tim s'exclama :

– Hé ! Léopold ! Arrête de la sniffer comme ça ! On dirait un cochon qui cherche des truffes sous un chêne !

L'infirmière aux yeux bleus fit irruption dans la chambre ensoleillée. Comme ça, sans frapper. Elle se sentait chez elle. On aurait dit que les malades lui appartenaient.

Elle ne portait plus son masque. Son visage entier exprima une stupeur cocasse. Tout m'amusait désormais.

– Ça alors ? Que faites-vous ici, les enfants ? Vous avez tant d'amis que ça, à cet étage ? La 307, la 316… qui sera la suivante ? D'ailleurs, la demoiselle du 307 vient d'ouvrir un œil. Il faut croire que votre visite lui a fait beaucoup de bien. Elle est en bonne voie, elle s'en sortira… et cela, sans doute, grâce à vous.

Il fallut expliquer notre erreur. Dans la foulée, l'infirmière s'excusa de m'avoir réprimandé.

Tout allait si bien, soudain. Cependant, j'avais du mal à supporter la différence de température. En un clin d'œil, nous étions passés d'un climat hostile aseptisé et terrorisant à un bonheur parfait, plein de soleil, de congratulations, de bonnes nouvelles et d'espoir. Ce grand écart des émotions me déstabilisait. J'avais de nouveau chaud aux oreilles. Et pourtant, je n'étais plus triste. Je ne comprenais seulement pas comment nos vies pouvaient empirer ou s'améliorer si rapidement. Notre fragilité à tous m'effrayait, me paniquait.

Pourquoi acceptions-nous sans broncher d'être des pions du destin ? Pourquoi ne décidions-nous pas nous-mêmes de la météo de nos existences ? Je me sentais impuissant, ballotté par des courants contraires, secoué par des flots imprévisibles. Je laissai mon dos glisser contre le mur blanc et je m'assis par terre, le regard hagard, les oreilles rouges et bouillonnantes.

– Tu n'as pas l'air dans ton assiette, remarqua l'infirmière.

Elle me prit par le bras et m'assit dans un fauteuil.

– Je crois que tu as eu ta dose d'hôpital, aujourd'hui. Ce n'est pas un lieu distrayant, tu sais ? Allez, les enfants, je vous mets dehors ! En plus, l'heure des visites est terminée !

Elle retint la porte du bout de son chausson en papier et nous pria d'embrasser rapidement notre cousine. Tim, qui n'avait pas encore eu le temps de questionner Manon, lui demanda seulement :

– Qu'est-ce que tu as vu chez Walter ?

– Un fantôme… Le fantôme de Walter, répondit rapidement Manon d'une voix tremblante.

À cet instant, Aline Janvier, sa mère, vint prendre ses quartiers de nuit. Elle allait dîner et dormir à l'hôpital, aux côtés de Manon dans une pièce minuscule prévue pour les parents. Certes, notre amie était ici en sécurité mais nous repartions peu rassurés par sa réponse.

« Le fantôme de Walter ! » Comme nous aurions aimé en savoir plus !

Trop d'émotions, encore. Mes oreilles allaient rougir et bouillonner toute la nuit !

3

Depuis la mort de notre grand-père Walter, sa maison était restée telle quelle, comme s'il allait revenir, comme s'il existait encore. Personne dans notre grande famille n'avait eu le courage de s'occuper de ses biens. Il était parfois question de garder la propriété et de la transformer en galerie d'art, en atelier de dessin ou en maison d'hôtes. Elle était devenue l'objet de tous les rêves de nos parents, l'espace autour duquel ils s'amusaient à élaborer des projets qu'ils ne réaliseraient jamais. Ils avaient tous tant à faire… le travail, les enfants, les courses, les vacances… Leurs activités semblaient démesurément épuisantes – les adultes ont toujours un mal fou à s'ajouter du pain sur la planche. Même si le pain promet d'être bon. Le train-train de nos parents respectifs avait certainement un goût sans surprise, bien rassurant. Il valait mieux rêver qu'entreprendre.

Peut-être aussi que, ayant tous si peu connu leur père, nos parents ne pouvaient se résigner à transformer cette maison qui restait un reflet visible de l'âme de Walter.

Je fus donc très peu surpris d'apprendre que le fantôme de mon grand-père rôdait désormais chez lui. Cette âme que ses enfants refusaient de laisser partir reprenait possession des lieux. Walter revenait pour satisfaire sa progéniture, pour prolonger cette relation paternelle tout juste amorcée. Pour une fois, je ne craignais pas les manifestations de l'au-delà, je n'avais pas peur des spectres ni des apparitions. Je me réjouissais presque de retrouver le vieux Soshimof. Un fantôme, c'était mieux que rien. Je préférais un presque grand-père à plus de grand-père du tout.

J'imaginais nos repas familiaux présidés par un spectre lumineux, fluorescent, flottant en bout de table, et les joyeux Noël à venir en compagnie d'un Walter rayonnant de bonheur. Est-ce qu'un fantôme pouvait acheter des cadeaux ? Est-ce que Walter partagerait la bûche au chocolat avec nous, est-ce qu'il serait possible de l'embrasser sans passer à travers lui ? Ces nouvelles perspectives remplirent une partie de ma nuit. J'avais hâte d'aller, à mon tour, visiter la maison de mon grand-père. Je savais que moi, je n'aurais pas peur.

À l'aube, je me plus finalement à imaginer que Walter n'était jamais mort et qu'il nous avait, sans doute, encore joué l'un de ses tours compliqués. Après tout, nous n'avions vu que son cercueil. Qui sait s'il l'occupait vraiment? Je rêvais à la fête que nous allions organiser pour le retour de ce farceur dans nos vies. Ma mère allait se réjouir à l'idée de partager enfin du temps avec son père. Elle regrettait si souvent de ne pas avoir pu «profiter» de lui. Après l'enterrement, je lui avais dit:

– Profiter? Ça ne doit pas être le bon mot. Quel bénéfice, quelle plus-value aurais-tu voulu réaliser sur ton père?

– Une plus-value d'amour, probablement, m'avait-elle répondu en tamponnant ses larmes.

Finalement, spectre ou pas, j'étais rassuré par ces prochaines retrouvailles.

D'habitude, je passais chercher Tim pour aller à l'école. Ce matin, j'avais un quart d'heure d'avance sur notre horaire habituel.

Éva Pouliquen, toujours peu aimable et *mépris-*

enfants, me fit remarquer que j'avais une sale mine fatiguée et que j'aurais pu prendre le temps de me coiffer au lieu d'arriver si tôt. Elle ne supportait pas un épi de travers. Tim devait accepter le peigne humide de sa mère chaque matin. Elle s'appliquait à lisser son fils jusqu'à ce que toutes ses aspérités capillaires aient disparu. Avant que nous ayons découvert que Walter était notre grand-père, cette femme ne faisait pas partie de ma famille et ne s'autorisait pas grand-chose à mon égard. Elle se contentait d'être désagréable. Mais, depuis qu'elle était devenue ma tante, elle se sentait investie d'une mission d'éducation, d'assistance à neveu en danger et de contrôle de ma vie, dès que mes parents n'étaient pas avec moi. Elle se précipita dans la salle de bains et revint avec son peigne humide pour me lisser la tête. Quel supplice ! Tim finissait son petit déjeuner en gloussant. Lorsque sa mère nous demanda ce qui était réellement arrivé à Manon, il nous parut impensable de lui confier cette histoire de fantôme. De toute façon, elle ne nous aurait pas crus. Tim se contenta d'expliquer que notre cousine s'était assommée en tombant sur une souche et la *méprisenfants* répondit :

– Ça ne m'étonne qu'à moitié. Comment veux-tu que ses parents s'occupent bien d'elle? Huit enfants! C'est déraisonnable! Et puis, il se présente huit fois plus de risques qu'avec un enfant unique. Encore une fois, je me félicite de n'avoir qu'un fils. Viens ici que je te coiffe, Tim!

– Mais, Maman, ça n'a aucun rapport avec l'éducation que lui donnent ses parents! Tu confonds tout! Manon est tombée. Sa mère ne pouvait rien contre ça, quand même!

– Je me comprends! conclut alors la coiffeuse en pinçant sa petite bouche et en hochant le menton.

– Eh bien, tu as beaucoup de chance, dis-je simplement avant de quitter la maison.

J'espérais que ma réponse allait la faire réfléchir un instant. Tim me félicita pour mon aplomb.

– Ça y est, t'as plus peur de ma mère? Toi aussi, tu as beaucoup de chance! constata-t-il.

– Je n'ai même pas peur du fantôme de Walter, alors ta mère, à côté, c'est de la gnognotte! Tu m'accompagneras chez Grand-père après l'école?

Tim n'avait visiblement pas cogité dans le même sens que moi, la nuit dernière. Il avait inventé, autour du fantôme de Walter, un scénario terrorisant qu'il ne parvint même pas à me relater entièrement.

– J'ai super les boules! m'avoua-t-il finalement, mais je t'accompagnerai. Le CHD* n'est pas mort!

* Voir *Le Paradis d'en bas 1*. CHD: Club des héritiers détectives, créé par Léopold, Tim, Manon et Holly.

4

Holly, elle, était bien décidée à visiter la maison de Walter. Elle en avait même demandé la clef à son père. Nous n'eûmes donc aucun problème à nous introduire dans le repaire du fantôme.

– Quel fantôme ? s'exclama Holly en arpentant le salon. Vous savez bien que Manon a parfois l'imagination fertile ! Je voulais m'assurer que tout était normal. Eh bien, tout est normal. N'est-ce pas ?

Tim ne s'était pas éloigné de la porte d'entrée. Il regardait le jardin. J'entendais presque son cœur palpiter. Il avait hâte de repartir. J'inspirais à fond le parfum délicieux de cette vieille maison. Les rideaux en voile blanc retenaient une odeur particulière, mélange de cannelle, de chaleur et de poussière. Holly aussi se prêta avec plaisir à ce délicieux reniflement. Cette demeure me rassurait, comme un cocon, une cachette. Je n'avais pas envie de rentrer chez moi. Je jouais avec les longs faisceaux lumineux du soleil filtré par les persiennes. Une harpe solaire. Je chantais une note différente sur chaque rayon. Et puis la poussière flottait entre les rais comme une poudre d'or.

– On dirait que la fée Clochette n'est pas loin ! s'exclama Holly. On va peut-être s'envoler !

Tim nous pria de nous presser. Il se balançait d'une jambe sur l'autre, à contre-jour, devant la porte ouverte. Du bout du couloir, on aurait dit un extraterrestre qui mourait d'envie de faire pipi.

Holly finit par refermer précautionneusement la maison. Mais la surprise et la peur figèrent mon cœur tranquille. Je tendis le doigt vers la petite baraque en brique du fond du jardin, celle que Walter avait habitée depuis la mort de sa femme. Je bafouillai :

– Wa, wa, wa…

– Je ne vois pas de chien, répondit Holly. Qu'est-ce qu'il te prend ?

– Au secours ! C'est Walter ! s'exclama Tim, qui partit en courant vers le portail.

Je me précipitai vers la maison rouge, mais l'homme qui venait de sortir s'était évaporé.

Holly m'avait courageusement suivi.

– Il doit y avoir une explication ! marmonna-t-elle. Ce type ne peut pas être Walter, quand même ! Ni son fantôme, d'ailleurs. Je n'ai jamais vu un fantôme se promener dans un jardin ensoleillé.

– Tu n'as jamais vu de fantôme, de toute façon, dis-je. Qu'est-ce que tu en sais si ce type n'était pas un revenant ?

– Les revenants n'écrasent pas le gazon de leurs pieds. Regarde par terre au lieu de planer !

Effectivement, les herbes folles du jardin en friche avaient été foulées mais les traces de pas ne menaient nulle part. On aurait dit que l'homme avait simplement fait un petit tour du propriétaire avant de regagner son domicile. Je frappai longtemps à la porte de la maisonnette car Holly n'avait les clefs que de la demeure principale. Mais personne ne nous ouvrit.

Tim réapparut tout doucement comme s'il entrait dans la cage aux fauves.

– N'aie pas peur, il n'y a personne ! m'exclamai-je.

– Mais je l'ai vu, moi ! J'ai vu Walter ! murmura Tim.

– Eh bien, toi, Manon et Léopold, vous avez rêvé. Il y a peut-être un clochard qui se planque dans les parages… mais ce n'est ni Soshimof ni son fantôme !

Je levai la tête vers le premier étage de la grande bâtisse. Je cherchais un indice, un spectre, une trace de ce grand-père que j'aurais tant aimé revoir, vivant ou flottant, et là, je ne pus retenir un petit cri étrange, ma gorge se noua si vite que ma voix produisit un miaulement faiblard.

– Le rideau a bougé ! dis-je finalement entre mes dents.

– Mais oui ! Bien sûr ! Quelqu'un nous espionne de là-haut… peut-être le FANTÔME DE WALTER ! hurla Holly pour nous effrayer.

Tim déguerpit encore une fois, ventre à terre, tel un lapin traqué. Holly me proposa de retourner dans la grande maison. Mes oreilles se mirent à chauffer de nouveau.

Dans l'escalier grinçant qui montait à l'étage, Holly promenait un doigt sur la rampe pour dessiner des volutes dans la poussière. Elle avançait calmement, s'amusait encore à remplir ses poumons des parfums de notre aïeul, admirait les nombreux tableaux et les photos accrochés dans la cage d'escalier.

– T'as vu la tête de la dame ? Tu crois que Walter a rapporté ce tableau d'Australie ? Elle s'appelle Joséphine, c'est écrit là et elle a un drôle de nez en trompette. Peut-être que les Australiens ont tous des nez comme ça. Des nez de koala.

Je ne pouvais plus parler. Je pressentais que le premier étage nous réservait une surprise de taille. Mon cœur transperçait ma cage thoracique chaque fois que nous ouvrions une porte. Il y avait trois chambres. Nous avions réservé la pièce-au-rideau-qui-bouge pour la fin. Holly frappa poliment avant d'entrer, puis, sans crainte, inspecta les angles et le dessous du lit avant de ressortir en souriant.

– Pas une âme qui vive ! constata-t-elle.

– Et une âme qui ne vive pas ?

– Rien du tout ! Si ça se trouve, un mulot escaladait le rideau que tu as vu bouger.

– Si ça se trouve… dis-je un peu tristement.

Je fis tout de même remarquer à Holly qu'un pantalon et des chaussettes recouvraient la chaise de cette chambre.

– Ben oui ! Quand tu meurs, tu ne penses pas à ranger ta chambre avant ! Walter ne pouvait pas savoir qu'il ne reviendrait jamais chez lui.

Je m'entendis dire d'une voix bizarre, un peu démoniaque :

– Il reviendra !

– Arrête ! Tu vas finir par me foutre la trouille.

Holly se mit à rire et termina d'épousseter la rampe en se laissant glisser dessus, jusqu'en bas.

– Ah ! Tu vois que ça fait peur, ici ! conclut Tim, qui avait suivi notre conversation depuis le perron.

La Joconde s'assura que toutes les lumières étaient bien éteintes et donna deux tours bruyants dans la grosse serrure.

À peine avions-nous mis le pied dans la rue Théodore-Rousseau que la silhouette menue de Manon se profila à l'angle de la rue des Charmettes. Elle sautillait. Elle souriait.

– Ils m'ont laissée sortir ! Tant mieux, la nourriture était infecte dans cet hôpital ! Le hachis Parmentier avait le goût de pâtée pour chien.

– T'as déjà goûté à la bouffe pour chien ? demanda Tim.

– J'ai sept frères, donc sept fois plus de raisons de faire des choses stupides !

– C'est drôle, ma mère parlait justement de ça, ce matin. Elle disait même que vous aviez sept fois plus de risques que nous d'avoir un problème.

– Ta mère a raison, s'exclama Manon, mais nous avons aussi sept fois plus de chances que vous de vivre de beaux moments !

– Je sais ! dit tristement Tim, qui avait toujours rêvé d'avoir un frère.

– Allez, t'en fais pas ! Moi non plus, je n'ai pas de frère ni de sœur mais nous avons de merveilleux cousins, remarqua Holly.

Manon interrompit brusquement la conversation :

– Alors, vous n'avez rien vu chez Walter ?

– Presque rien, répondis-je. Presque rien…

5

Je savais que le CHD ne devait pas divulguer ses enquêtes avant de les avoir résolues, mais je ne pus me retenir de raconter à mes parents l'histoire de cet homme aperçu dans le jardin de Walter ainsi que celle de la silhouette qui avait fait fuir et tomber Manon.

– Je m'y attendais un jour ou l'autre ! dit mon père. Je t'avais dit, Natacha, qu'il fallait s'occuper de cette maison.

– L'an dernier, on avait pris Walter pour un squatter. Qui sait si ce n'est pas encore lui aujourd'hui ?

– Enfin, Léopold, de quoi nous parles-tu ? Walter est mort. On ne le fera pas revenir.

– Il reviendra ! dis-je de nouveau de ma voix démoniaque.

Papa crut à une farce et se mit à rire.

– Quel humour spécial ! constata-t-il. N'empêche qu'il va falloir agir et appeler la police rapidement pour déloger ces envahisseurs !

– Anselme, tu t'emballes trop vite ! rétorqua Maman. Peut-être simplement qu'un bonhomme s'est promené dans le jardin… Il n'y a rien de mal à ça ! Il faudrait tout de même qu'on reparle de ce que l'on pourrait faire de cette maison. Ce serait vraiment dommage de la vendre…

Mes parents replongèrent dans leurs rêves et leurs projets invraisemblables concernant la propriété. Papa parla même d'ouvrir une agence de graphistes. Maman imaginait un salon de thé-bibliothèque « très anglais », où elle servirait du Earl Grey et des scones recouverts de crème fouettée et de gelée de framboise. Ils avaient l'air heureux. Cette bâtisse était décidément un moteur supplémentaire dans leur vie, une sorte de turbo d'enthousiasme et de bonheur.

Un peu plus tard, Papa fit un saut chez Walter. Il voulait vérifier mes dires. Il revint en souriant :

– Il n'y a personne là-bas ! Mais, par contre, vous aviez oublié d'éteindre toutes les lumières ! On ne dirait pas que les économies d'énergie sont au programme de ta classe cette année ! Après ça, ne viens plus m'enquiquiner quand je laisse la télé en veille ! Tu gaspilles plus que moi !

Je revis alors le moment où Holly la consciencieuse, avant de fermer bruyamment le verrou central, avait vérifié chaque ampoule et chaque interrupteur. Je sus à cet instant que Papa se trompait complètement. Mais cette fois-ci, je me tus. Cette histoire n'appartenait plus qu'au CHD.

6

Dès le lendemain, tandis que les touristes du dimanche se répandaient dans la grande rue, tandis que les randonneurs du dimanche envahissaient la forêt, tandis que les cavaliers du dimanche sillonnaient les allées sablonneuses en écrasant les pauvres fougères, le CHD s'affairait à son enquête. Barbizon se dépouillait soudain de son charme paisible, de sa quiétude, de sa légèreté. Chaque rue, pourtant fleurie, odorante et ensoleillée, avait perdu son âme joyeuse pour laisser place à une cascade de soupçons et d'angoisse. Le parfum des glycines devenait écœurant, le soleil brillait trop fort. Dans le jardin de Walter, où nous nous étions retrouvés, je ne voyais plus que les cailloux sales, les mauvaises herbes, les branches cassées et la sève qui suintait du grand pin, comme le sang d'une blessure. J'avais soudain l'impression d'être épié, traqué, poursuivi par je ne sais trop quel être méchant, fou, dangereux. En plus, Tim entretenait cette paranoïa. Il sursautait au moindre jacassement de pie. Nous avions ressorti notre grand cahier de détective sur lequel nous prenions des notes sur la position des rideaux, des volets et du tuyau d'arrosage. Il nous sembla en effet que la terre des rosiers grimpants était plus humide que le reste du jardin. Mais il est facile de trouver des indices lorsqu'on en cherche. Tout cela ne menait cependant à rien qu'à entretenir le souvenir de notre grand-père.

– Et si, finalement, nous étions tous en manque de Walter? Cela expliquerait peut-être pourquoi nous l'avons tous revu, suggéra Tim.

Holly sourit:

– Et ça mettrait surtout fin à cette enquête qui n'a pas l'air de te rassurer! Pourtant, il n'y a rien à craindre, je t'assure!

– Moi, j'ai eu vraiment la trouille, dit Manon. Quand j'ai vu Walter avant-hier, il était assis à son bureau, dans le salon. Il a tourné son regard vers moi... c'était un regard de fantôme. Vous savez, des yeux tout creux, sans lumière. Il n'avait même pas l'air de me reconnaître. Dès qu'il s'est levé, j'ai déguerpi en courant et puis boum, vous connaissez la suite…

– Mais est-ce qu'il flottait comme un fantôme ? Est-ce qu'il était transparent ? Pourquoi es-tu si certaine qu'il s'agissait d'un fantôme ? demanda Holly.

– Parce que Walter est tout mort maintenant. Il n'a pas pu sortir de son cercueil, quand même ! Si un macchabée revient chez lui, c'est pas parce qu'il a oublié ses lunettes de soleil ! Ce qui me paraît bizarre, avec un peu de recul, c'est qu'il tenait un verre de vin et qu'il a trempé ses lèvres dedans. Les fantômes ne boivent pas, n'est-ce pas ?

Il était à peine onze heures lorsque la chambre-au-rideau-qui-bouge s'anima de nouveau. Holly s'écria :

– Salut, là-haut ! Il y a quelqu'un ?

Puis elle se précipita vers la porte, la clef pointée devant elle comme une lance de chevalier. Quel courage ! Quelle détermination ! Je ne reconnaissais plus notre Joconde. Elle avait pris une assurance exceptionnelle depuis qu'elle pratiquait les arts martiaux. Elle se sentait invulnérable. Se sentir quelque chose, c'était souvent mieux qu'être ce même quelque chose. D'ailleurs, comme le disait mon père, il valait même mieux se sentir bête qu'être vraiment bête, parce que ça, c'était irréparable.

Armée de sa clef et de sa toute-puissance, Holly pénétra donc dans l'entrée sombre et grimpa les escaliers quatre à quatre.

– AAAAH ! Walter ! s'écria-t-elle. Ça ne va pas bien ! Tu as failli me filer une crise cardiaque !

Un long silence suivit cette remarque. Nous n'osions pas rejoindre notre amie à l'étage. Nous n'avions jamais pratiqué les arts martiaux, nous.

– Alors, tu n'es pas mort, finalement ?

Le silence se poursuivit. Je montai tout doucement les marches, plus grinçantes que jamais, Manon monta derrière moi. Tim hésita puis s'accrocha au tee-shirt de Manon pour ne pas perdre le contact avec la réalité.

Holly éclata de rire.

– Ah ! Ah ! Je vous ai bien eus ! Bande de trouillards ! Mais il n'y a PERSONNE ici ! PERSONNE !

À cet instant, la porte de la chambre-au-rideau-qui-bouge s'entrouvrit et Holly hurla de terreur en serrant son visage entre ses deux petites mains.

– AAAAAAAAAAAH !

– Rira bien qui rira le dernier, bougonna Tim.

– Bonjour, les enfants ! dit Walter.

– Alors, tu n'es pas mort, finalement ? répéta Holly.

Cette fois, elle ne s'adressait plus aux murs et sa voix avait immédiatement changé d'intensité et d'assurance.

– Heureusement ! répondit l'homme.

– Mais qui est dans la tombe de Walter ?

– Walter, malheureusement !

– Mais vous, qui êtes-vous ? Vous avez un drôle d'accent.

– Walid. Walid Soshimof. Ma mère était française, mais je suis russe. C'est peut-être ce qui explique mon accent. Je suis le frère de Walter.

– Walter, Walid... même combat ! Je suis sûre que tu nous fais encore une farce. En tout cas, on est bien contents de te retrouver. C'est juste un peu dommage d'avoir fait pleurer nos parents comme ça.

Le vieil homme grimaça et repartit dans sa chambre en grommelant. La porte se referma toute seule derrière lui.

– Qu'est-ce qu'il fabrique ? s'inquiéta Manon.

– Ouf ! C'est pas un fantôme ! se réjouit Tim.

7

Les pas du bonhomme craquaient sur le parquet sec de sa chambre. Il n'y avait plus d'autre bruit. Nous étions tétanisés par la surprise, pétrifiés comme les malheureux de Pompéi après l'éruption du Vésuve. Holly ne refermait plus la bouche, Manon avait gardé une main en l'air, Tim regardait sa montre :

– Il va falloir rentrer déjeuner. Ma mère va me tuer si je ne suis pas à l'heure ! dit-il tout bas, comme si nous étions à l'église.

– Si ta mère te tue, tu ne risques plus rien. N'oublie pas que tu es le petit-fils de Soshimof, l'homme qui ne meurt jamais ! chuchotai-je en riant.

Je riais jaune, vert, bleu, de toutes les couleurs. Le feu d'artifice dans ma tête cognait plus fort qu'un orage de montagne, résonnant sur toutes les parois de mon crâne, sillonnant le fond de mes yeux de lumières violentes et désordonnées. Mais l'homme revint. Il nous tendit un passeport : Walid Soshimof, né le 12 janvier 1932.

– C'est bien ce que je disais, reprit Holly, Walter-Walid, même combat ! Regardez, même date de naissance !

– Nous avions beaucoup de choses en commun, dit l'homme. Même visage, même corps, même date de naissance, mêmes goûts… Seule la date de décès de Walter nous a différenciés. Nous étions jumeaux. Je ne suis plus qu'une moitié maintenant… Mais vous ne pouvez pas comprendre si vous n'avez pas de frère jumeau.

– Il y a des jumeaux dans ma famille, dit Manon : Léon et Robinson, mes frères.

– La gémellité est souvent génétique, ma petite ! Cela devrait te confirmer que je fais bien partie de ta famille, car je crois avoir compris que vous êtes les petits-enfants de mon frère, n'est-ce pas ?

– Pourquoi vous cachez-vous ici, si vous êtes notre grand-oncle ? Pourquoi n'avez-vous rien dit à nos parents ?

– Si je vous confie un secret, saurez-vous le garder ?

– Non, répondis-je. Je ne peux pas m'empêcher de tout raconter chez moi.

– Moi non plus, avoua Holly.

Tim ne dit rien. Il nous attendait déjà à la porte. Depuis quelques semaines, il craignait plus que jamais les colères de sa mère, la *méprisenfants*. Pour des raisons que nous ignorions tous, Éva Pouliquen clamait à tout venant qu'elle avait décidé de « resserrer la vis » à son fils. Craignait-elle qu'il tombe en morceaux, qu'il se démantibule, qu'il perde la tête ou la mémoire s'il restait « dévissé » un instant ? N'empêche qu'elle devenait invivable. À force d'être revissé, Tim se sentait oppressé, étriqué, restreint dans ses jeux et ses aventures. Il avait perdu le côté baroudeur et insouciant que nous appréciions tous. Lui aussi n'était plus qu'une moitié de lui-même. Comme quoi on n'avait pas forcément besoin d'avoir perdu son jumeau pour se sentir rétréci.

Manon intervint alors :

– Vous pouvez me confier ce que vous voulez, moi, je suis une tombe.

– Et moi un cimetière ! ajoutai-je en riant.

– Mais non, idiot ! Je voulais dire que je suis muette comme une tombe. J'ai écrit quarante-quatre secrets dans ma boîte coffre-fort et je suis la seule à connaître le code du cadenas.

– Pourquoi écris-tu tes secrets ? demanda Walid.

– Plus les gens m'accordent leur confiance, plus ma boîte se remplit et plus je suis heureuse. J'aime bien qu'on m'aime bien, vous comprenez ? Sans les autres, je serais un peu perdue. J'ai sept frères, vous savez ! Je suis une bergère de secrets. C'est un métier difficile et dangereux.

– Quelle poésie ! s'exclama Walid. En plus, tu as bien raison : sans les autres, on n'existe pas... On a tous besoin de distributeurs d'amour, de partageurs de fous rires, de parents, d'amis, du reflet de nous dans les yeux des autres. Le paradis, c'est les autres. Enfin... la vie, c'est les autres. Va savoir maintenant si la vie, c'est le paradis ?

– C'est le paradis d'en bas, dis-je en murmurant, comme si Walid avait entamé un refrain que je devais finir.

Cette chanson-là, je la connaissais si bien !

– Une poète et un philosophe ! s'exclama le vieillard. Eh bien, on ne s'ennuie pas à Barbizon ! Allez, maintenant, filez, les enfants ! Votre copain va se faire enguirlander si vous vous attardez !

– Vous me confierez votre secret demain ?

demanda Manon. Vous me devez bien ça. Regardez ce que je me suis fait à cause de vous.

Elle lui montra le pansement sur sa nuque. Walid ne comprenait pas. Il écarquillait ses petits yeux d'éléphant. Les mêmes que ceux de Walter. Il ressemblait tant à notre grand-père que je me dis qu'il pourrait aisément le remplacer, le faire vivre plus longtemps. En fin de compte, Walter revenait. J'avais raison. Il revenait à sa façon. Dans la peau de son double ou de sa moitié. Sous la forme d'un calcul. Walter avait toujours été un grand calculateur.

Holly écourta nos discussions car l'église sonnait les douze coups de midi.

Les deux filles descendirent sur la rampe. Deux Mary Poppins. Tout en glissant, Manon réitéra sa question :

– Alors, vous me le confierez, votre secret ?

– Demain, si Dieu le veut.

– Et si Dieu ne le veut pas ? s'écria Manon.

– Eh bien, j'en parlerai à mon chat ! conclut Walid.

Et, devant nos pieds, apparut un superbe chat noir.

Un chat noir !

8

Comme d'habitude, à peine arrivé chez moi, je ne pus me retenir de détailler notre matinée à mes parents, qui, fronçant les sourcils, déposèrent leur fourchette le long de leur assiette dominicale et cessèrent de mastiquer pour mieux m'écouter. Comme tout ce que j'avançais leur paraissait plus qu'improbable, ils échangeaient des regards paniqués. Ils s'inquiétaient moins de la venue de Walid, à laquelle ils ne pouvaient *adultement* et raisonnablement pas croire, que de mon état psychologique. Papa me laissa terminer mon monologue mais pas mon dessert.

– Tu finiras ton tiramisu plus tard ! Allez, on file chez Walter battre le fer tant qu'il est chaud !

Maman et Justine nous accompagnèrent.

Justine, qui cultivait toujours son amour des

phrases compliquées, répétait comme une ritournelle :

– Battre le fer tant qu'il est chaud ! Oh ! Oh ! Battre le fer tant qu'il est chaud ! Oh ! Oh !

Papa trottait devant, agacé et impatient. Il voulait sans doute me faire taire et, à son tour, tel un *méprisenfants,* « serrer la vis » de ce qu'il appelait mon imagination. Mais je souriais tranquillement car je savais que j'allais incessamment devenir un héros. J'imaginais le visage ahuri de mes parents devant le double de Walter et je souriais encore.

Malencontreusement, Holly et ses parents nous avaient précédés. Holly, en larmes dans l'escalier, jurait qu'elle avait dit la vérité.

– Il n'y a personne ici ! répétait son père, Milton. Il n'y a aucune trace de passage du moindre individu. Les poubelles sont vides, le frigo est vide. Comment veux-tu que je te croie ?

– Tu cherches tout ce qui est vide et tu ne fais même pas gaffe à ce qui est plein ! répondit Holly en pointant un cendrier du doigt.

– Mouais ! On peut passer ces mégots au carbone 14, si ça te chante. Mais je suis certain qu'ils datent de Mathusalem !

Je ne sais pas ce que Holly avait compris à cette phrase mais pour moi ça n'avait pas grand sens.

– Carbone 14 et Mathusalem, répétais-je tout bas, sans comprendre. Carbone 14 et Mathusalem…

Quelle horreur ! Tout à coup, je ressemblais à Justine.

Holly trépignait. Mes parents semblaient soulagés d'apprendre que je n'étais pas le seul à dérailler. Cependant, Maman certifia que je n'aurais pas pu inventer une telle histoire sans un point de départ.

– Il n'y a pas de fumée sans feu ! remarqua-t-elle.

– Pas de fumée sans feu, euh ! euh ! Pas de fumée sans feu, euh, euh ! poursuivit Justine.

Mon père revint donc à son idée de squatter. Il trouvait cela logique que nous ayons cru apercevoir le sosie de Walter dans sa maison puisque, en fait, nous n'avions jamais eu le temps de bien regarder notre grand-père et demeurions incapables de décrire précisément son visage. Tout cela s'avérait, selon Papa, « très normal pour des enfants ».

– Autant dire tout de suite qu'on est demeurés ! Vous nous prenez pour qui ? m'exclamai-je.

– Des enfants ! répondit Milton Bargery.

– Eh bien, vous avez tort ! dis-je sèchement.

Ils se mirent à rire tous ensemble.

J'avais, semble-t-il, été drôle.

Mon père décida de changer les verrous de la maison de Walter. Par sécurité. Au cas où. On ne savait jamais. Si ça ne faisait pas de bien, ça ne ferait pas de mal. Il valait mieux être prudent… Combien de phrases inutiles de ce type allait-il encore trouver pour se justifier ?

– Pauvre Walid ! s'exclama Holly. Il ne pourra même plus revenir ici.

Milton Bargery leva les yeux au ciel.

Et puis, encore, comme d'habitude, comme toujours, comme pour se rassurer, comme pour vivre un instant magique dans un monde parallèle de projets impossibles, les adultes reprirent leur sujet de discussion préféré, assis sur les marches du perron : qu'allaient-ils faire de cette maison ?

Je chuchotai à Holly :

– On pourrait créer ici un centre pour les enfants trop rêveurs. Un lieu bien équipé de machines à limiter les rêves, avec des cours de réalité et des cours de pieds sur terre. Ils seraient plus tranquilles, nos parents, si on était diplômés d'une telle école, tu ne crois pas ?

– Mais non ! Écoute-les divaguer ! Tu ne crois pas que ce sont eux qui auraient besoin de cette machine-là ? C'est plus facile pour eux de changer des serrures et de refaire le monde en discutant que d'accepter ce qu'on leur raconte. Ils ont peur d'affronter la réalité, c'est tout. Mais je sais qu'on finira par les convaincre. Je crois juste que nous avons parlé trop tôt. Le CHD doit continuer à travailler en sous-marin. On se retrouve ici à cinq heures, OK ? Il faut prévenir Walid du futur changement de serrure.

À cinq heures, Walid n'était pas revenu. Son chat non plus. Tim et Manon nous avaient rejoints avec des provisions de goûter. Des meringues légères et fondantes, du cake truffé de grosses cerises sucrées et de jolies madeleines dodues et dorées :

– Oh ! Des madeleines de Prust ! s'exclama Holly avec son bel accent britannique.

– Pourquoi, dès que j'apporte des madeleines, tu dis : « Oh ! Des madeleines de Prust » ? T'es bizarre !

– C'est pas comme ça que ça s'appelle ? C'est

pas chez Prust qu'on les achète? Pourtant, il me semble que mon père parle souvent de ce magasin.

– Proust, c'était un écrivain, pas un pâtissier! Lorsqu'il mangeait des madeleines, ça lui rappelait plein de choses de son enfance… expliqua Tim.

Et puis les heures passèrent. Nous discutions de Prust et de rien. Surtout de rien. Mais j'aimais bien. Le goût sucré de cette fin d'après-midi, le bonheur de partager des gâteaux et des secrets avec mes cousins, le calme de la maison, sa lumière, son parfum. Walid ne revenait pas mais nous ne l'attendions plus vraiment. Nous étions allongés sur le parquet ciré, les jambes relevées en angle droit contre le mur. Holly cherchait toujours de nouvelles façons de se tenir. Elle détestait être assise normalement sur une chaise. Un sacré problème en classe. Sa maîtresse la punissait dès qu'elle croisait les jambes en tailleur. Certaines institutrices perdaient de l'énergie à se braquer contre des choses inutiles, mais il fallait apprendre à vivre avec toutes sortes de gens, disait mon père. L'école, selon lui, c'était comme la société en petit: il y avait des méchants, des gentils, des artistes, des techniciens, des timides, des grandes gueules, des jaloux, des rigolos, des déprimés, des génies et des imbéciles, et plein d'autres caractères que nous avions passé des heures à énumérer en revenant de vacances, dans les embouteillages. C'était un jeu sans fin, et l'espèce humaine m'avait semblé alors très variée. En général, je trouvais tout le monde trop pareil.

Soudain, Manon nous proposa une partie de cache-cache, « pour digérer », dit-elle. Dès qu'elle proposait un jeu, c'était « pour digérer », même si nous étions sortis de table quatre heures avant. Cette fois-ci, son « pour digérer » se justifiait pleinement. Les deux douzaines de madeleines de Proust, le cake de Brossard, les meringues de Delacre et la position étrange que nous imposait Holly avaient fini par plomber nos petits estomacs.

9

Je filai me cacher dans l'escalier de la cave. Comme Tim n'avait pas terminé de compter jusqu'à trente, je m'aventurai un peu plus bas. Je cherchai un interrupteur à tâtons, les murs humides et sablonneux s'effritaient sous mon doigt. Enfin, je fis la lumière et découvris… un cercueil.

– Haaaaa !

Je remontai les marches quatre à quatre, j'oubliai de respirer, je ne savais plus où j'allais.

– Tirons-nous ! Tirons-nous ! Dracula habite en bas ! hurlai-je.

Manon sortit du placard à balais en retirant les toiles d'araignée de ses longs cheveux. Holly, souriante, apparut, rampant sous le canapé.

– Dracula ? Où ça ? demanda-t-elle, ravie.

Les arts martiaux permettaient décidément de faire face à n'importe quelle surprise.

Tim était déjà dehors. Ses genoux cognaient l'un contre l'autre tant il tremblait.

Holly descendit seule à la cave mais remonta immédiatement en courant. Enfin, elle se décidait à fuir. Elle n'avait sans doute pas appris à se battre contre les morts.

Sur le chemin du retour, il fallut prendre une grande décision. Nous ne pouvions pas garder ce secret pour nous. Un cadavre, c'était plus grave qu'un Walid.

– C'est quand même bizarre qu'un mort soit plus important qu'un vivant, remarqua Manon.

– C'est normal, expliqua Tim, on ne peut pas cacher un mort longtemps, ça finit par sentir mauvais. Les autres secrets, eux, n'ont pas d'odeur!

Deux heures plus tard, nos quatre familles, regroupées comme un essaim devant la maison de Walter, décidaient de descendre à la cave. Mon père s'adressa aux femmes et aux enfants. Il jouait au caïd mais je sentais bien qu'il n'en menait pas large.

– Ça risque de ne pas être joli. Je vous conseille de rester à la surface. On vous racontera…

– Pas de détails, s'il vous plaît! supplia Maman. Juste le strict nécessaire.

« Strict » et « nécessaire » : quels mots peu appropriés à la description d'un cadavre !

Il n'y eut pas de cadavre. Holly et moi avions extrapolé, fantasmé, affabulé. De même taille, de même forme mais un peu plus calorifique, ce que nous avions cru être un cercueil n'était en fait que le coffrage de la chaudière à fioul. Quelle honte pour le CHD !

Manon ne laissa le temps à personne de se moquer de notre erreur. Elle venait de faire une étrange découverte dans la chambre-au-rideau-qui-bouge. Sur le lit était déposée une jolie robe au tissu fleuri de grosses pivoines mauves. Par terre, devant une petite malle, très mal en point, dont la doublure avait été totalement déchirée, une paire de chaussures d'antan en satin rose pâle, un collier de grosses perles, une paire de gants et un chapeau, et puis, sur la table de chevet, deux photos de Perrine. Mais, surtout, des lettres d'amour.

Des lettres d'amour adressées soit à « ma fée de la taïga » soit à « Lioubov ».

La plus belle, signée d'un W gracieux fait de pleins et de déliés, disait :

Lioubov
Si ton cœur me laissait une place
Si un jour tu voulais qu'on s'enlace
Je traverserais le monde et même l'espace
Pour te retrouver.
Je suis las, las, las
De t'aimer
Mais hélas,
Je ne peux rien y changer.

– Quel homme désespéré ! Je ne savais pas que Walter avait ramé comme ça pour séduire notre mère ! dit Jérôme Pouliquen.

– Eh bien, au moins, on ne pourra pas dire qu'il ne l'aimait pas. Malgré tout ce que nous avons pu croire, nous sommes des enfants de l'amour ! se réjouit Maman.

– Dans un sens, oui ! Un sens unique ! remarqua Holly. Visiblement, Perrine, elle, n'aimait pas Walter.

– Elle l'a certainement aimé plus tard. Elle n'avait pas encore dû découvrir qu'il était l'homme de sa vie, tempéra Émilie Bargery.

Aline Janvier pointa la date de la lettre :

– Si, le 6 août 1960, Perrine était toujours réticente aux avances de Walter, je me demande ce qui les avait décidés à se marier deux ans avant.

– Comment connais-tu la date de leur mariage ? s'étonna Manon.

– Ce sont mes parents, tout de même ! Et puis, la photo de leur mariage est encadrée dans la cage d'escalier et la date est inscrite au dos du cadre.

Après une heure de suppositions autour de la vie amoureuse de nos grands-parents, je parvins à faire entendre aux adultes que ces vêtements et ces lettres n'étaient pas là hier encore. Quelqu'un se cachait donc ici, et cette personne s'intéressait aux affaires de Walter.

– Un squatter ! s'exclama mon père pour continuer sur sa lancée. Il faudrait vraiment installer les nouveaux verrous !

– Mais puisqu'on vous dit qu'il s'agit du frère de Walter ! dis-je, agacé.

Ma mère proposa un dîner familial impromptu dans le jardin de Walter. Les dix Janvier, les trois Pouliquen, les trois Bargery et nous, les quatre Clermont, courûmes chercher chez nous de quoi pique-niquer. Puis, installés autour de la grande table en teck du jardin et d'une autre table d'appoint descendue du salon odorant, nous attendîmes Walid ou l'éventuel squatter en avalant notre collation.

Mais la nuit finit par tomber sur nos tomates cerises et nos chips à l'ancienne. Nous nous étions bien amusés. Vraiment, cette grande famille me plaisait de plus en plus. Nous étions encore plus variés que les chocolats de la boîte de Quality Street que venait d'ouvrir Éva Pouliquen. Les sept frères de Manon se révélaient de merveilleux cousins avec qui les parties de ballon tournaient vite au fou rire. J'appelais ça le « foot rire ».

Tout le monde s'accorda à remarquer que notre squatter nous avait permis de passer une excellente soirée. Jérôme Pouliquen, qui avait un peu trop bu de rosé et qui croyait enfin à l'existence de Walid, lui rédigea un petit mot qu'il punaisa sur la porte d'entrée :

Walid, soyez le bienvenu chez votre frère ! Nous aimerions vous rencontrer !

Les enfants de Walter

La *méprisenfants* s'empressa de déchirer le Post-it et conseilla autoritairement à son mari de rentrer se coucher. Mais Holly, qui s'était éclipsée avec Tim dans la petite maison rouge, revint avec un coffret molletonné, semblable à une boîte à couture, dans lequel sommeillaient d'autres lettres. Des lettres d'amour, encore.

– Je me sens un peu mal à l'aise de lire ce courrier, remarqua Maman. Il ne nous est pas adressé. Je ne crois pas que j'aimerais qu'on lise les lettres que m'a envoyées Anselme, lorsque nous serons morts.

Les adultes approuvèrent. Ils avaient tous bu un peu trop de rosé. Ils ne savaient plus penser tout seuls. Chaque proposition émise par l'un d'entre eux était immédiatement adoptée à l'unanimité. C'était ça, l'esprit de famille. L'esprit moutons de famille. Seule Éva Pouliquen, qui souhaitait mettre fin à ce dîner parce qu'il faisait trop frais et que son mari racontait n'importe quoi, ne fut pas écoutée. Jérôme lui proposa, en riant, un verre de rosé pour se réchauffer. Elle répondit qu'elle ne supportait que le bordeaux rouge. Les autres vins lui donnaient des aigreurs.

10

De son côté, le CHD prit en cachette la décision d'analyser les lettres du coffret.

Nous nous étions réunis dans le salon de la maison de brique. Ici, il faisait bon. Ici, nous découvrions peu à peu des bribes de l'existence de notre grand-père, au dos de cartes postales, sur des carnets, des tableaux, des photos.

Aucune de ces lettres ne trahissait le même désespoir que celle que nous venions de trouver dans la chambre-au-rideau-qui-bouge. Bien au contraire, Walter et Perrine n'avaient échangé dans leurs mots que de la tendresse et de l'admiration.

Manon fronçait les sourcils et le museau. Elle n'avait pas l'air satisfaite par ce qu'elle était en train de lire. Sans doute regrettait-elle de s'immiscer ainsi dans la vie amoureuse de nos grands-parents. Sans doute rejoignait-elle alors les pensées de ma mère.

Sans doute ne souhaitait-elle pas garder de secrets volés dans son coffre-fort. La bergère de secrets qu'elle était n'acceptait dans sa boîte que des secrets confiés: les plus nobles, les plus rares, les plus précieux. Pourtant, la découverte de l'histoire de Walter nous exaltait tous un peu plus, de minute en minute. À aucun moment je n'eus l'impression d'avoir été trop curieux, ni même irrespectueux. L'histoire de Soshimof, c'était aussi la nôtre, après tout.

*
* *

À l'adolescence, Walter avait quitté sa Russie natale avec Joséphine, sa mère, française et veuve de guerre, pour s'installer dans la région lyonnaise. Joséphine, le portrait au nez de koala accroché dans la cage d'escalier, c'était elle! Pas plus australienne que nous, en fait! Plus tard, notre grand-père avait rencontré Perrine, alors vendeuse dans la boulangerie de son quartier. Soshimof évoquait dans plusieurs billets doux la mie moelleuse et la croûte dorée de délicieux petits pains, trésors de farine et de levain mais aussi la finesse des mains de Perrine, l'intensité de son regard, la lumière dans ses cheveux bouclés. Il l'appelait «ma mie », ce qui semblait parfaitement adapté à une boulangère mais signifiait aussi, selon Tim, ma chérie.

Perrine, quant à elle, appelait Walter « mon pudding ». Tout cela restait très culinaire. Elle avait joint à l'une de ses lettres l'explication du choix de ce diminutif. Sur une coupure de journal grise et poussiéreuse se détachait la publicité suivante :

Entremets FRANCORUSSE
Les bons desserts de famille
Pour crèmes, puddings *et pâtisseries !*
FRANCORUSSE
La plus vieille marque française créée à Paris en 1896.

En dehors de cette fantaisie d'appellations, Perrine faisait de grands projets d'avenir avec son *pudding*. « Quatre enfants, disait-elle, pas moins, que nous élèverons dans la joie. »

– Pour les quatre enfants, elle a réussi son coup, pour le reste… constata Tim.

– Elle a fait au mieux ! m'exclamai-je.

Sans cette femme-là, nous n'aurions pas existé. Walter et Perrine étaient nos traits d'union, nos points communs, notre départ. Je ne voulais pas qu'on la critique.

– Si tu vas par là, tu peux remercier Adam et Ève ou les dinosaures, remarqua Holly. C'est toujours grâce à quelqu'un qu'on est venu au monde…

– Ou à cause de quelqu'un, précisa Tim.

– Dis donc, Tim, tu vas bientôt sortir de ton univers négatif? Quel bougon perpétuel! rétorqua Manon, qui n'avait pas cessé de froncer les sourcils et le museau devant les mots d'amour de nos grands-parents.

Elle acheva à peine sa phrase, s'enfuit brusquement dans la maison principale et revint en brandissant le poème triste signé d'un W :

– J'ai un doute! Je crois que je comprends le problème! Walter et Walid étaient comme mes frères Léon et Robinson.

– Jumeaux? demandai-je.

– Jumeaux ET amoureux de la même fille! précisa Manon.

Manon nous fit la preuve que la graphie des courriers de Walter et celle de W étaient totalement différentes. Elle en déduisit que les lettres signées d'un W provenaient probablement de Walid. Il pleurait son désespoir car son frère jumeau avait réussi à gagner le cœur de Perrine tandis que lui se languissait d'intéresser la belle. Les soupçons de

Holly se confirmèrent très rapidement. Le CHD mit la main sur des lettres de Joséphine suppliant son fils Walter de se réconcilier avec son frère, mais aussi des écrits de Perrine mentionnant ce frère si semblable qui lui faisait la cour. Et puis, ce petit mot. Troublant.

Mon Pudding,

Me pardonneras-tu ?

Hier soir, j'ai embrassé ton double avec passion ! J'ai été dupée par Walid, cet amoureux diabolique !

Vous m'aimez tous les deux et je suis bien perdue. Désormais, j'ai peur que l'un ne soit l'autre. J'ai peur qu'il ne reprenne ta place à mon insu et que je ne te sois, malgré moi, de nouveau infidèle.

Ah ! Que n'ai-je une sœur jumelle !

C'est toi que j'aime, si toi tu es bien toi.

Perrine, 15 octobre 1958

Après cette lettre, Walid avait disparu des photos et des courriers. Les deux frères s'étaient peut-être revus une dernière fois, quelques mois plus tard, à l'enterrement de leur mère. Le faire-part de décès mentionnait deux adresses. Celle de Walter et de Perrine, qui avaient emménagé à Lyon après leur mariage, et celle de Walid, qui visiblement était retourné vivre en Russie.

– Par dépit! Certainement par dépit! s'écria Tim. Il fallait être dingue pour retourner habiter en Russie à cette époque!

– Pourquoi? C'est là qu'il était né. C'était chez lui! fis-je remarquer.

– Parce que, avant les années 90, la Russie avait un régime politique très difficile pour ses habitants! Ce n'est sûrement pas pour rien que Joséphine était rentrée en France après la mort de son mari. La France était plus accueillante.

– Comment tu sais tout ça? demandai-je. T'es encore plus intéressant qu'Internet!

– Je lis! C'est tout! Je lis tout ce que je peux lire et j'engrange les informations comme un écureuil engrange ses noisettes. Je fais des provisions de savoir. Et tu vois, ça sert, finalement! Par exemple, sais-tu qu'il y a à peine vingt ans en Russie, les gens faisaient la queue pendant des heures pour acheter à manger et il n'y avait même pas de papier-toilette...

– Tu as raison, ça devait être difficile de vivre là-bas! Pas de papier-toilette! C'est dingue! marmonna Holly, qui sombrait doucement dans le sommeil.

Il était très tard, nos paupières se fermaient sur

nos yeux qui avaient tant travaillé ce soir. Nous nous endormions doucement, entassés les uns sur les autres, dans le beau canapé de cuir, lorsque nos parents surgirent bruyamment en chantant à tue-tête une chanson niaise de leur enfance :

À tous les enfants qui sont obéissants
Nous allons dire au revoir en passant
Au revoir les amis
Nous rentrons au pays
Au pays d'Aglaé et Sidonie.

Pour une fois, Tim ne connaissait ni Aglaé ni Sidonie. C'est donc ma mère qui s'empressa de nous préciser qu'il s'agissait d'une oie et d'une cochonne, stars des émissions enfantines des années 60.

Justine s'était endormie dans les bras de Papa. La chorale ivre ne semblait pas perturber son sommeil. Les sept frères de Manon attendaient patiemment leurs parents en dégommant des monstres sur leurs consoles de jeux.

Comme nous n'étions pas supposés avoir lu le courrier des Soshimof, il fut inconcevable pour nous de dévoiler la moindre de nos découvertes à nos parents.

Mais qu'il s'avéra difficile et douloureux de ne rien dire ! Surtout lorsque la *méprisenfants,* qui, elle, ne s'était pas jointe au chœur, nous lança en souriant à peine :

– Oh ! Vous quatre ! Vous m'avez l'air coupable ! Je me demande ce que vous avez encore fait comme bêtise !

Tim, dont la rapidité d'esprit n'était plus à démontrer, tendit alors la boîte de Quality Street vide et répondit :

– On a tout mangé ! Pardon, Maman !

Éva sortit victorieuse de la pièce. Tim nous fit un énorme clin d'œil et suivit sa mère, l'air penaud et bêta. Tim était un type bien. Un vrai copain.

11

Le lendemain, après l'école, alors que nous souhaitions poursuivre secrètement notre enquête chez Walter autour d'un paquet de madeleines, une surprise de taille nous condamna à rendre publics les premiers résultats de nos recherches : les affaires de femme, la petite malle, les lettres et les photos avaient disparu de la chambre-au-rideau-qui-bouge. Pire ! La photo du mariage accrochée dans l'escalier avait été découpée en deux. Perrine, sauvagement kidnappée, laissait son mari seul pendouiller de travers dans le vieux cadre doré.

La police débarqua donc pour constater les faits et tenter d'élucider le mystère. Comme la porte n'avait pas été forcée, il ne pouvait pas s'agir d'un véritable vol. Mais qui était en possession des clefs de la maison ?

– À part les enfants… je ne vois pas, dit mon père.

Alors le CHD fut interrogé et condamné à livrer toutes ses informations concernant Walid, qui devenait tout à coup un être dangereux. J'avais du mal à croire que cette copie conforme de mon grand-père puisse se montrer malveillante.

Nous hésitions à confier les résultats de notre enquête «sentimentale» au policier.

Il devait être inspecteur et ressemblait à une autruche. De gros yeux ronds et globuleux, un long cou maigre et des jambes qui semblaient se plier à l'envers tant il marchait les fesses en arrière, le buste penché vers le sol, en quête d'indices. En aparté, Tim nous expliqua que les délits commis par amour se révélaient plus excusables. Nous prîmes donc le temps de déballer les mots doux de Pudding à sa Mie, les mots tristes de Walid à sa Lioubov, devant les yeux surpris et furieux de nos parents, qui nous en voulaient certainement d'avoir fouiné dans les souvenirs amoureux de leur père.

Le flic sourit. Il ne dit rien. Il sourit. Un sourire d'autruche. Pour avoir l'air professionnel et crédible, il missionna deux uniformes qui arpentèrent ensuite les alentours de la maison. C'est là qu'ils pensaient trouver Walid, tapi sous une feuille, naïvement planqué sur le lieu du délit.

– Chef! Chef! J'ai peut-être un truc! hurla l'un d'entre eux.

Il s'agissait d'un Coton-Tige, recouvert de Mercurochrome. L'inspecteur considéra l'objet quelques secondes et le balança par terre en disant:

– Mouais! Je n'y crois pas trop.

L'Autruche ne se fiait pas au Coton-Tige. Nous non plus. La rue n'offrait que son bazar bucolique habituel, des pétales de fleurs qui parsemaient comme une neige rose le trottoir de gauche, quelques touffes d'herbes folles qui poussaient courageuses et drues à travers les interstices du goudron des trottoirs et puis des ordures tombées du camion-poubelle ce matin: une peau de pomme de terre, un morceau de carton et… un Coton-Tige. Quel étonnant puzzle ces policiers arriveraient-ils à reconstituer avec des morceaux si disparates et si saugrenus? J'accuse le professeur Walid, dans la chambre-au-rideau-qui-bouge… avec… le Coton-Tige… Même au Cluedo, on se passait de ce genre d'imbécillité…

Devant l'absence d'effraction et la faible valeur des objets volés, le flic nous proposa simplement de changer les serrures de la maison. Pour l'instant, il n'y avait rien d'autre à faire. Comment un oiseau comme celui-ci aurait-il pu comprendre la passion de Walid pour Perrine ? Je savais bien que les autruches n'étaient bonnes qu'à enfouir la tête dans le sable ou à avaler des cailloux.

Nos parents refusèrent de nous confier les nouvelles clefs et nous ordonnèrent de ne plus traîner dans la propriété de Soshimof.

Personne, à part nous, ne leur avait jamais parlé du jumeau de Walter. Même le notaire australien, contacté par son confrère français pour organiser la succession de Walter, n'avait pas donné suite à toutes les requêtes de notre famille. Il nous manquait quelques éléments généalogiques pour pouvoir clôturer définitivement cette affaire d'héritage. Cela posait des problèmes qu'il fallait pourtant résoudre rapidement si nos parents ne voulaient pas payer de grosses taxes à l'État. Mais, comme ils ne parvenaient pas à prendre la décision de vendre la maison, le retard et la légèreté du notaire australien les arrangeaient tous. Cependant, nos parents feignaient d'être exaspérés par ces pratiques des antipodes. Ils parlaient même de faire le voyage au pays des kangourous pour mettre fin à ces négligences. Comme l'avenir de la maison, le notaire était devenu un sujet de conversation inévitable et exaltant. Les adultes semblaient apprécier ces moments de haine commune où ils s'acharnaient tous contre ce pauvre James M. Oney. Nous l'avions rapidement surnommé *James Money* ou *J'aime l'argent*. Un joli nom pour pour un notaire ! Et *J'aime l'argent* n'avait jamais, jamais parlé de Walid à quiconque. Mais *J'aime l'argent* n'avait jamais, jamais tout dit, non plus.

12

Le lendemain, lorsque mes parents visitèrent la maison, rien n'avait bougé. Quelle personne sensée aurait tenté de forcer les serrures ?

– Moi ! s'écria Holly lors d'une de nos réunions. Je vais le faire ! Je veux rentrer ! Je veux en savoir plus ! Je vais passer par le garde-manger de la cuisine !

Tim jugeait les velléités de Holly dangereuses.

– Et s'il y avait un flic à l'intérieur...

– Mais qu'est-ce que t'as en ce moment ? T'as peur de tout ! s'écria Holly.

– Non ! Je deviens juste un peu raisonnable !

– Je ne savais pas que raisonnable signifiait trouillard !

Manon prit la défense de Tim.

– La mère de Tim n'est pas facile. J'aimerais bien t'y voir, toi, avec une maman terrible. Pas le droit de ci, pas le droit de ça !

– Pardon, Tim, dit simplement Holly en caressant l'épaule de notre cousin.

– J'ai pas choisi ma mère! répondit-il en shootant dans les graviers. En ce moment, elle empire. C'était mieux quand j'étais petit.

Pour entrer par le garde-manger, il suffisait de dévisser une grille et de se faufiler entre deux étagères. Le dévissage se fit sans peine grâce à mon couteau suisse, le faufilage posa plus de problème au derrière de Holly qui se refusait à passer entre les planches. Manon, qui avait de toutes petites fesses, fut donc finalement missionnée à l'intérieur. Comme elle n'était pas rassurée, je me proposai de la suivre car mon épaisseur me permettait de l'imiter. Holly, enragée par ses rondeurs inappropriées à ce genre d'exercice, s'était postée avec Tim devant la maison de façon à nous prévenir de la venue éventuelle d'un adulte.

Je me faufilai ainsi trois jours de suite et je constatai chaque fois que notre visiteur avait encore subtilisé d'autres biens. De petites choses, certes... mais je connaissais si bien la maison désormais... rien ne m'échappait. Un vase, un dessous-de-plat, une écharpe en velours brodé. Manon consignait tout cela dans notre carnet de détective. Et puis, tous les tiroirs étaient quotidiennement fouillés, les lattes du plancher, soulevées par endroits, les doublures des valises, déchirées. D'évidence, Walid ne souhaitait pas simplement ramener des souvenirs de Perrine. Il cherchait autre chose. Mais que pouvions-nous faire de ces indices à part les enfermer dans notre cahier ? Nous n'étions pas supposés pénétrer dans la demeure de Soshimof. Nous ne pouvions pas raconter ces vols à qui que ce soit, sous peine de nous faire gronder.

Le quatrième jour, tandis que Tim et Holly finissaient dans le jardin notre quatrième paquet de madeleines de la semaine, je dévisageai, dans la maison, les portraits de l'escalier. À part son nez de koala, Joséphine, notre arrière-grand-mère, avait les mêmes yeux que Maman et le même air coquin que Walter. Machinalement, je soulevai le tableau. Je comptais découvrir quelques inscriptions complémentaires, quelques dates, quelques informations à recopier dans notre cahier.

Je découvris bien plus que cela.

Le livret de famille de Joséphine était coincé dans le châssis du cadre.

Mais, à cet instant, la porte d'entrée s'ouvrit en couinant. J'entendis des pas timides et prudents. Walid revenait. Comment s'était-il procuré les clefs ? Pourquoi Tim et Holly n'avaient-ils pas crié comme convenu ? Vite, vite, je replaçai le livret sans l'avoir ouvert et rejoignis Manon sur la pointe des pieds. Nous ne respirions plus, le cœur affolé, blottis l'un contre l'autre en haut de l'escalier. Après tout, Walid était peut-être dangereux. Qu'avait-il fait de nos deux amis ?

– Alors, on désobéit ? lança une voix bien moins russe que celle que nous attendions.

L'Autruche venait d'entrer dans la maison, suivi par Éva Pouliquen.

– Eh non, madame ! Ce n'est pas votre voleur que vous venez de voir passer devant les fenêtres !

Éva bredouilla :

– Que faites-vous ici tous les deux ? Qui vous a donné les clefs de la maison ? Où est mon Tim ?

Pour éviter sa tornade de mère, Tim s'était caché sous le banc du jardin. Éva lui fit, malgré tout, des remontrances disproportionnées. Le flic nous avertit que, la prochaine fois qu'il nous trouvait chez Walter, il nous embarquait au poste. Puis il changea de ton et confia à Éva d'une voix douçâtre :

– N’hésitez pas à me rappeler ! Je suis à votre disposition. C’est où vous voulez, quand vous voulez.

Éva rougit. Elle semblait en pincer pour l’inspecteur.

– Il n’a qu’à draguer ma mère, s’il veut ! chuchota Tim.

13

Bien que *l'Autruche,* épris d'Éva Pouliquen, se préoccupât soudain beaucoup plus de notre affaire, il ne découvrit rien de probant à l'égard de Walid. Il existait bien un Walid Soshimof mais il s'agissait d'un homme de quarante-deux ans, architecte sur l'île de Corfou en Grèce. Cet homme n'avait sans doute rien à voir avec notre famille et il n'était certainement pas le frère de Walter. Notre grand-père était né en Russie et les flics avaient du mal à retrouver les actes de naissance du reste de sa famille. Ni la Russie ni l'Australie ne donnaient suite à nos interrogations. Le flic nous assura pourtant que SES services ultracompétents retrouveraient notre homme le plus rapidement possible. D'évidence, il faisait tout cela pour séduire Éva, qui ne tarissait pas d'éloges sur le sérieux et la disponibilité du policier, dont je découvris enfin le nom : Rot. M. Rot. Tout le monde éclatait de rire chaque fois qu'Éva parlait de lui. Un jour, elle laissa échapper un « Basile » sorti de nulle part… et elle s'empressa de compléter…

– Basile Rot, le policier qui se charge de l'enquête.

– Mais de quelle enquête nous parles-tu ? s'agaça son mari. Ton M. Rot n'est qu'un simple flic, il ne va pas remuer la terre entière pour retrouver un type auquel nous ne voulons pas de mal. Moi, ça me ferait plaisir de rencontrer ce Walid, s'il existait vraiment. Je me demande simplement pourquoi il se cache ainsi.

– Il a peut-être honte d'avoir boudé son frère, suggéra Manon.

– Peut-être qu'il cherche quelque chose de secret, ajoutai-je sur un ton naïf.

– Alors, M. Rot n'est pas inspecteur ? remarqua simplement Holly.

– Non, mais c'est tout comme ! répondit Éva, qui rosissait encore.

*
* *

À l'école, je découvris dans ma case un papier plié en quatre, signé de ce W que nous connaissions bien :

Je dois repartir. Si vous trouvez le tableau de Théodore Rousseau, il est pour vous.

Manon se précipita avec un autre petit papier :

Il s'agit de la dot de ma mère Joséphine. Lorsque les bolcheviks ont pris le pouvoir, elle a caché la toile en la cousant dans la doublure d'une malle qu'elle a rapatriée, plus tard, en France. Avant de mourir, elle a tenté de me réconcilier avec mon frère. Mais j'étais déjà reparti en Russie. Alors, elle m'a posté un mot qui m'expliquait qu'elle venait de donner la malle à Walter mais que lui n'en connaissait pas le contenu.

Je connaissais le secret. Walter, lui, le possédait.

Nous devions donc obligatoirement nous revoir pour partager ce cadeau inestimable. Mais j'avais tellement de haine envers mon frère, qui m'avait volé l'amour de ma vie, et tellement de honte en face de Perrine que je ne pus me résoudre à reprendre contact.

Je ne revins même pas en France pour l'enterrement de ma mère.

Si j'avais su, à l'époque, que mon frère avait abandonné vos parents parce qu'il était trop pauvre, je lui aurais livré le secret.

La passion a gâché ma vie et celle de ceux que j'aimais.

Holly nous fit partager le reste de l'histoire :

Un jour, j'ai su que mon frère était mort.

En général, Walter n'oubliait jamais de me poster une carte pour mon anniversaire. Il y joignait quelques nouvelles. De mon côté, je faisais la même chose. Nous étions fâchés mais nous avions besoin de savoir l'autre en vie. Les jumeaux ne peuvent jamais se séparer totalement.

En janvier, je n'ai pas reçu de carte.

Walter était bien mort. Il était trop tard pour que je partage le secret de ma mère. Il était trop tard pour que je réalise le vœu de ma mère. Il était trop tard pour dire à Walter qu'il m'avait toujours manqué. Trop tard.

Maintenant, je n'ai plus d'autre famille que vous.

Je suis revenu ici pour vous offrir ce tableau que je n'ai jamais vu. Malheureusement, je ne l'ai pas trouvé. Peut-être que Walter avait découvert le chef-d'œuvre avant de mourir. Peut-être aussi a-t-il jeté cette vieille malle ?

J'ai été stupide, paralysé par une passion destructrice. Mais vous serez certainement plus futés que moi !

Je ne remporte avec moi que de menus souvenirs de celle que j'aimerai toujours.

Bonne chance !

W.

Tim, lui ne trouva qu'une phrase dans son casier.

Tim,

Ne crains rien, je ne suis pas méchant !

– Quelle horreur ! s'exclama Tim. Vous vous rendez compte que, à cause de ce bonhomme, on est sans doute devenus des receleurs.

– Quelle horreur ! répondit Holly en riant. Vous vous rendez compte que, à cause de ce bonhomme, on est sans doute devenus encore plus riches !

– N'empêche que, si nous montrons ces lettres à nos parents, ils vont les remettre à la police. Les adultes se sentent toujours coupables, même quand ils sont dans leur droit… ajouta Manon.

– Mais qui te dit que nous ne sommes pas coupables ? Ce Walid est vraiment louche ! Peut-être qu'il nous charge de retrouver le tableau maintenant et, quand la tempête de M. Basile Rototo sera passée, il viendra le récupérer, dis-je. Et puis, pourquoi la famille de Joséphine aurait-elle possédé un tableau de Théodore Rousseau ? C'est un peu étrange, non ?

Théodore Rousseau, tout le monde le connaissait à Barbizon. C'était LE peintre de la région. Le fondateur de l'école de Barbizon. Camille Corot, Jean-François Millet, Honoré Daumier, toute une génération de peintres avaient été influencée par notre bonhomme. Il avait donné son nom à la rue de Walter et à l'un des musées du village.

Holly nous convainquit de garder le silence. Une semaine. Juste une semaine. Il fallait d'abord tenter de découvrir le chef-d'œuvre.

14

Malgré les interdictions de nos parents et les mises en garde de Basile Rot, Holly obtint les clefs de la maison de Soshimof. Nous dûmes cependant accepter sa mère en guise de porte-clefs. Émilie Bargery nous accompagna et nous fit promettre de ne toucher à rien.

– Je vous fais confiance ! répéta-t-elle plusieurs fois sans y croire. Je repasserai vous chercher dans une demi-heure.

Comme cette femme était gentille et que je détestais désobéir aux gens sympathiques, je lui demandai de m'escorter pour récupérer le livret de famille derrière le tableau de Joséphine. Elle me suivit et se réjouit comme une petite fille de ma découverte. Elle sautillait en secouant les mains.

– Ah ! C'est chouette ! C'est chouette ! C'est génial de retrouver l'histoire de notre famille ! Tu es un vrai détective, toi !

Les trois autres membres du CHD boudaient. M'en voulaient-ils d'avoir trop parlé à Émilie ou regrettaient-ils simplement qu'elle ne les ait pas félicités eux aussi pour leurs talents de détectives ?

Tout se précisa. Tout se compliqua :

Les pages jaunies du livret abîmé de Joséphine Menthon nous firent écarquiller les yeux. Son père, Louis Menthon, avait épousé une certaine Éléonore Rousseau. ROUSSEAU ! ROUSSEAU ! Nous nous regardions tous les quatre, excités, paniqués, mais n'osions rien exprimer devant Émilie. Dès qu'elle eut franchi le seuil de la maison, une petite danse de joie s'imposa dans le salon :

– Ça y est ! On a la preuve ! On n'est plus des voleurs ! hurla Tim.

– Pas si vite ! Pas si vite ! répondit Holly en nous retenant par les manches. Rousseau, c'est un nom répandu, tout de même !

– Heu ! tempéra Manon, le problème, c'est surtout qu'on n'a pas le tableau ! On se réjouit d'un truc inexistant. Une malle ! Il faut trouver une malle ! Nous n'avons qu'une demi-heure !

Holly, qui regardait par la fenêtre, se précipita brusquement dans le jardin.

– Suivez-moi !

Une malle adossée contre le mur de la maison en brique abritait des bûches taillées au format de l'étroite cheminée de la maisonnette.

– Et voilà ! Un beau coffre ! s'exclama-t-elle fièrement.

Malheureusement, aucune toile n'avait été cachée à l'intérieur. Nous fîmes le tour des deux maisons, mais ce tour, Walid l'avait déjà fait cent fois. Il n'y avait certainement plus rien à découvrir, ni dedans ni dehors. Nous n'avions plus rien à faire ici.

Émilie nous félicita de l'avoir attendue sagement sur le banc du jardin. Nous étions tristes et peu fiers de n'avoir pas su venir à bout de cette belle mission.

Quand nous quittâmes le jardin, les yeux de Tim se braquèrent sur le massif de fleurs.

– Tu aimes les pétunias, Tim ? demanda Émilie.

Alors, nos regards se portèrent aussi sur ce parterre de fleurs dégoulinant en cascade hors d'une vieille malle en bois. Manon, Holly et Tim hochèrent la tête de satisfaction. Une autre petite danse, discrète cette fois, s'imposa dans le jardin. Émilie nous trouva fort joyeux. L'espoir renaissait mais nous ne pouvions toujours rien lui expliquer. Tim et moi attendîmes que les filles aient tourné au coin de la rue pour nous précipiter sur le massif coloré du centre du jardin. La malle était pourrie, son couvercle avait retenu des litres d'eau de pluie. Je creusai le terreau noir pour tenter de dégager les parois du coffre mais rien ici non plus ne ressemblait à un tableau.

Tim se tenait à l'écart mais ne perdait rien de l'action. J'étais assez rassuré par sa position. Trouillard, certes, mais toujours sur la défensive et prêt à courir chercher de l'aide. Une sorte de héros, malgré tout.

Décidément, les Soshimof n'en finissaient pas de nous faire chercher, courir, fouiller, creuser la terre, leurs souvenirs, leur histoire. Des messages secrets, des anagrammes, qu'avaient-ils encore inventé pour nous faire penser à eux ?

– Et si, pour une fois, les choses étaient très simples ? proposa Tim. Et si le tableau était déjà pendu à un mur ? Ça serait si bien que tout soit simple. C'est rare, les choses simples, tu ne trouves pas ?

– Mais Walter ne connaissait pas l'existence du tableau. S'il l'avait connue, il aurait eu largement assez d'argent pour élever nos parents !

– Peut-être qu'il l'a découvert quand il est rentré d'Australie... peut-être aussi qu'il l'a trouvé avant de partir en Australie et que c'est grâce à ce tableau qu'il a pu monter sa société et faire fortune... Non, décidément, rien n'est jamais simple! Je ne sais même pas pourquoi le mot existe...

– Pour les matchs de tennis (le simple dames), les cornets de glace (une simple vanille), les simples d'esprit... mais pas pour *les choses... les choses* ne sont effectivement jamais simples.

Je me faufilai une fois de plus entre les étagères du garde-manger pour analyser de plus près toutes les œuvres de Walter. Mais je compris vite qu'Émilie Bargery, propriétaire d'une galerie d'art et spécialiste de l'école de Barbizon, aurait déjà décelé un tableau de valeur s'il en existait un chez Walter. Je retournai chaque cadre par acquit de conscience. Pauvre Walter, il continuait à pendouiller en habit de noces, tout seul, tout perdu, au milieu de son cadre. Machinalement, je décrochai de nouveau Joséphine et, de nouveau, notre arrière-grand-mère m'offrit une belle récompense. Le dos de la toile était sans doute le tableau que nous avions cherché. Mais, obnubilés par la découverte du livret de famille, je n'avais rien vu d'autre, Émilie non plus n'avait pas vu ce paysage sombre et triste, cette forêt en hiver. Je tremblotais. Seul dans la maison froide, je craignais d'être de nouveau surpris par *l'Autruche* ou un adulte en colère. Je devais faire vite. Je ne pris pas le temps de me réjouir.

J'enveloppai Joséphine dans une nappe écossaise et m'aplatis de nouveau entre les étagères du garde-manger. J'avais l'impression d'être une lettre qu'on mettait à la poste.

15

Plus tard, comme nous ne savions pas quoi faire du tableau, Holly nous proposa de le cacher dans la niche désaffectée de son jardin. Cette petite maison de bois, construite pour un chien de la taille d'un veau, existait sans doute depuis très longtemps. Elle avait appartenu à un toutou, ou à un veau, nommé Tobias. Son nom figurait en lettres de cuivre sur le fronton de sa demeure. L'ancien propriétaire avait eu l'idée étrange de faire construire une porte à cet abri. Le pauvre chien devait parfois purger des punitions, bouclé dans sa cabane.

– Peut-être que c'était pas un chien ? remarqua Tim.

– Qu'est-ce que tu voudrais que ça soit ?

– Un enfant ?

– Oooh ! Toi, t'es franchement pas net en ce moment ! s'exclama Manon. Ne me dis pas que ta mère t'enferme à double tour dans une niche... je ne te croirai pas.

– Ma mère m'enferme à double tour dans ma tête. C'est pas mieux.

– C'est moins bien ! s'exclama Holly. Parce qu'au moins une niche, ça peut servir à planquer notre tableau... Mais enfin, t'exagères un peu. Tu n'as rien à craindre de ta mère à part son aigreur.

Alors Tim s'enferma tout seul dans sa tête pour réfléchir à l'aigreur de sa mère, tandis que Holly suspendait la petite clef de la niche à sa chaîne en or.

– Comme ça, je dormirai avec ! Personne ne pourra me la voler ! dit-elle.

Holly n'eut pas le plaisir de s'endormir avec sa clef secrète.

Vers dix-huit heures, en effet, Basile Rot annonça fièrement à Éva que SES services venaient d'intercepter Walid à l'aéroport, alors qu'il embarquait pour la Russie. Le pauvre homme avait été mis en garde à vue. Basile s'était démené pour séduire Éva, ce qui semblait largement agacer son mari.

– Mais pourquoi enquiquine-t-on ce pauvre

Walid ? Enfin, Éva, dis à ton flic d'arrêter de faire du zèle ! Et plutôt que d'accuser ce Soshimof de je ne sais quel larcin, qu'on l'invite à notre table ! Depuis le temps que les enfants nous en parlent ! Au moins ton flic aura servi à quelque chose !

– Mon flic ?

– Ce n'est pas le mien, en tout cas ! décréta Jerôme en déchiquetant nerveusement, avec ses dents, un paquet de cacahuètes au curry.

Il servit à boire à tout le monde, sauf à sa femme, que le rosé rendait encore plus aigre et que le Coca rendait trop corrosive.

Nous étions installés en rang d'oignons dans le salon aseptisé des Pouliquen car Éva avait convoqué nos trois familles pour leur apprendre la « bonne » nouvelle.

– Mais enfin, qui a porté plainte contre ce pauvre Walid ? demanda Maman.

– M. Rot m'a conseillé de le faire, répondit Éva. Tout de même, ce Walid n'est pas clair. Il vole des vêtements, il ne cherche même pas à nous rencontrer alors que nous faisons partie de sa famille. Il n'a pas le droit de faire ça !

– Juridiquement, le frère de Walter, si c'est vraiment son frère, est l'héritier direct de la maison. À moins que Walter n'ait pris d'autres dispositions sur son testament… remarqua Milton Bargery.

– Ah ! Quand est-ce que *J'aime l'argent* se décidera à nous faire parvenir les bons papiers ? soupira Aline Janvier.

– Walid est donc également propriétaire de tout ce qui se trouve dans la maison ? Mais il n'a rien volé, alors ! m'exclamai-je.

– À mon sens, rien ! répondit Milton Bargery. Il faudrait songer à retirer votre plainte, Éva.

– Mais enfin, qu'est-ce que ce type est venu fabriquer ici ? Vous n'allez pas me dire qu'il a fait tout ce voyage pour une robe à fleurs et quelques lettres, se défendit la coupable.

Le CHD brûlait d'envie de dévoiler son secret. J'agitais les pieds dans tous les sens, Manon s'empiffrait de cacahuètes au curry et Tim regardait par la fenêtre en chantonnant. Holly, comme d'habitude, prit les devants :

– Si on vous remet ce que Walid est venu chercher, promettez-nous que vous n'appellerez plus la police !

Les adultes promirent. Solennellement.

Alors Joséphine quitta la niche de Tobias pour la

maison des Pouliquen. Émilie Bargery se réjouit de nouveau devant le tableau, s'enorgueillissant alors d'avoir, grâce à moi, déjà compulsé le livret de famille de sa grand-mère.

– Je sais tout sur cette femme ! annonça-t-elle, n'est-ce pas, les enfants ?

Je lus une grande déception dans les yeux de Maman. Elle regrettait de ne pas avoir partagé mes secrets. Elle enviait Émilie d'avoir été la seule adulte à participer à un moment de notre enquête. Je répondis un peu sèchement :

– Non ! Tu ne connais pas tout, Émilie !

Il fallut retourner le tableau, expliquer la dot, les bolcheviks, la Russie, la malle, et faire lire les explications de Walid à nos parents sidérés.

Émilie observa longtemps le paysage au dos de Joséphine et décréta qu'il s'agissait sans doute d'un véritable Théodore Rousseau.

– Et comment pouvez-vous affirmer cela ? caqueta Éva.

– L'utilisation du bitume, ma chère. Vous voyez, la toile est détériorée à plusieurs endroits. C'est dû à un mélange d'huiles grasses et de couleurs bitumeuses que Rousseau a commencé à employer en 1839. Il ignorait que ces expériences de couleur allaient en fait dégrader ses chefs-d'œuvre. Cela dit, une véritable expertise sera nécessaire car la signature est devenue peu lisible.

Éva attrapa fébrilement son portable au fond de son sac. Le numéro de Basile faisait déjà partie de son répertoire. Elle demanda à retirer sa plainte. Son mari lui arracha le combiné des mains et dit à *l'Autruche* :

– Nous passerons chercher M. Soshimof dans une petite heure. Dites-lui que nous l'invitons à dîner pour nous faire pardonner. Vous n'auriez pas dû l'écouter. Vous avez fait une grosse erreur, monsieur Rot, une grosse erreur. Voyez-vous, Walid Soshimof est l'actuel propriétaire de la maison qu'il a prétendument cambriolée… J'espère qu'il ne portera pas plainte contre vous, en retour.

Puis il marqua un long silence et répondit de nouveau :

– Oui, monsieur Rot, je le sais. Les choses ne sont pas toujours simples !

Tim me chuchota :

– Qu'est-ce que je disais tout à l'heure ! Les choses, en fait, c'est la vie, tu ne crois pas ?

– La vie moins le tennis, les cornets de glace et les simples d'esprit ! répondis-je.

– Alors c'est pas la vie ! Une vie sans cornets de glace, c'est pas la vie ! Les choses resteront les choses. Un mot indéfinissable et pas simple, apparemment !

– Faut toujours se méfier des apparences ! ajoutai-je automatiquement.

Tim sourit. Il avait l'air de me trouver futé. J'aimais bien lorsqu'il portait ce regard admiratif sur moi parce que je ne connaissais pas de garçon aussi intelligent que lui, à part mon père, bien sûr.

16

Éva devait se rendre en personne au commissariat pour signer les papiers concernant le retrait de sa plainte. Les trois mères décidèrent donc qu'elles iraient ensemble chercher Walid au poste de police de l'aéroport tandis que les hommes prépareraient le dîner.

Mon père excellait en cuisine. Il avait deux spécialités : les bouchées à la reine et le couscous, que son collègue marocain lui avait appris à préparer. Alors, on rapatria les quatre familles chez nous, et, plus rapidement qu'un film à double vitesse, Papa pela les carottes, les navets, trancha les courgettes, les tomates, le céleri, dosa le raz el nout, le sel, le poivre, l'huile d'olive, la coriandre et, enfin, alluma le barbecue.

Le CHD mit le couvert avec application. Une belle nappe rose et bordeaux. Une fleur dans chaque assiette. Des étoiles pailletées sur la table, des bougeoirs dorés. On se serait cru à Noël. Jérôme Pouliquen remonta d'excellentes bouteilles de vin de sa grande cave. Le père de Holly, lui, soufflait comme un bœuf sur le barbecue et surveillait la cuisson des côtelettes. Ma sœur trempait tous ses doigts dans la pâte du gâteau au chocolat que Hilarion et Simon fouettaient à tour de rôle.

Lorsqu'il arriva, tremblant et moite, les deux mains agrippées à la poignée de son panier à chat, Walid nous embrassa chacun notre tour en nous demandant pardon.

– Vous n'avez pas à vous excuser ! s'écria Jerôme Pouliquen. C'est nous qui n'avons pas été corrects ! Soyez le bienvenu !

– Nous avons trouvé le tableau ! s'écria Holly.

Le visage de Walid s'alluma. Walid passa des heures à nous raconter l'histoire de notre famille, à nous décrire Walter et Perrine, leur amour commun. Jamais je n'oublierais ce moment merveilleux. Nos parents sentaient soudain leurs racines pousser plus drues, plus réelles, plus solides. À mesure que Walid comblait les multiples lacunes de leur généalogie, je les voyais s'apaiser, s'étoffer, perdre leurs craintes et leurs doutes.

Sécurisante. C'est l'adjectif qui convint à la soirée.

Seuls les jumeaux Léon et Robinson, tous deux amoureux d'une certaine Hannah, s'inquiétaient ouvertement pour leur avenir fraternel.

Et puis Walid pleura. Longtemps. Il sanglotait. Il regrettait. Il repensait. Il pleurait encore. Il n'y avait rien à faire contre cela. C'étaient des litres de larmes qu'il avait emmagasinés au fond de ses yeux pendant toutes ces années parce qu'il n'avait eu personne avec qui les partager. C'était peut-être ça aussi qu'il était venu timidement chercher ici. Une écoute, un réconfort, une famille.

Vers minuit, nous étions tous convaincus que Walid devait occuper la maison de Walter. Nous tentions de trouver des raisons valables pour le retenir près de nous :

– C'est toujours bien d'avoir de la famille à ses côtés lorsqu'on vieillit, dit Milton Bargery.

– Je suis sûr que Walter aurait aimé vous savoir chez lui, ajouta mon père.

– Ça nous ferait tellement plaisir d'avoir de nouveau un grand-père ici ! confia Manon.

– Ouais, vous êtes cool ! déclara Simon.

– Et puis, surtout, cette maison vous appartient ! dit Philippe Janvier. Il n'y a aucune raison que vous ne l'occupiez pas.

– Il y a deux raisons, répondit Walid. D'une part, ma vie et mes amis sont en Russie, d'autre part, je ne mérite pas de cadeau de Walter ni de Perrine.

– Vous aimez toujours Perrine, n'est-ce pas ? risqua Maman.

– Plus fort que tout. Pour l'éternité.

– Mais elle, vous a-t-elle aimé ?

– Oui. Mais la vie est faite de choix et elle a choisi Walter… Et moi, aujourd'hui, je choisis de rentrer en Russie. Mais je reviendrai vous voir. Je reviendrai.

Alors, d'une voix d'outre-tombe, je dis encore :

– Il reviendra…

*
* *

Nous eûmes la déchirante impression de perdre Walter une seconde fois. Nous regardions l'avion de Walid s'éloigner dans le ciel gris avec un terrible sentiment d'impuissance. Avec la gorge nouée. Avec le sentiment affreux que certaines choses s'achèvent trop tôt. *Les choses,* encore elles, celles qui n'étaient jamais simples et dont on parlait si souvent.

*
* *

Après cette soirée mémorable, les parents prirent enfin la décision de transformer la petite maison de brique en musée. On le nommerait le « musée des Soshimof ». Il abriterait et retracerait l'histoire d'un seul tableau, notre paysage de Théodore Rousseau. Encore fallait-il que l'expertise confirme qu'il s'agissait bel et bien d'un tableau du maître.

Walid nous avait donné son accord pour raconter sa triste histoire d'amour et exposer les lettres et les photos de sa famille. Maman téléphonait chaque semaine à son oncle, prétextant que notre ligne de téléphone était gratuite pour la Russie et qu'il était idiot de ne pas l'utiliser. En réalité, elle s'attachait de plus en plus à Walid.

La grande maison resta encore vide quelques mois, jusqu'à ce que *J'aime l'argent* clôture enfin le dossier de succession. Walid était bel et bien l'héritier de cette demeure. Maman lui fit parvenir immédiatement son acte de propriété.

Je pense qu'il le reçut comme une preuve d'amour de Walter et de Perrine, comme un traité de paix, car, quelques jours plus tard, pour le plus grand plaisir de tous, il devint enfin notre voisin.

Au paradis d'en bas, *les choses* étaient si simples parfois.